Europe
Asie
OCÉAN
PACIFIQUE
Afrique
OCÉAN
INDIEN
Océanie

À mes petits lecteurs, bon voyage !
OL

Aux petits globe-trotteurs. Le monde est à vous.
ET

Le loup
qui voulait faire le tour du monde

Texte de Orianne Lallemand
Illustrations de Éléonore Thuillier

AUZOU

C’était l’hiver dans la forêt, et Loup s’ennuyait à longueur de journée. Même ses amis ne savaient plus quoi faire pour lui…
Un matin, il se regarda dans son miroir et s’écria :
« J’ai trouvé ! Je vais voyager. Voir d’autres pays, j’en ai toujours rêvé ! »

Aussitôt dit, aussitôt fait.
Sa valise fut bouclée.

À **Paris**, Loup admira la ville à bord d'un bateau-mouche et découvrit la tour Eiffel.

« Qu'elle est grande et belle ! s'exclama-t-il, émerveillé.
– Si on monte tout en haut, on peut voir le monde entier », lui assura un pigeon.

Vite, Loup grimpa au sommet pour voir sa forêt. Mais là-haut, il n'y avait que des toits à regarder. Et des pigeons qui rigolaient !

Salut les amis !

Je suis à Paris.
C'est une très belle ville
où il y a deux types de personnes :
des gens très pressés,
et des gens installés
aux terrasses des cafés.
Vous me manquez déjà !

Votre ami, Loup.

Mes copains
Dans la Forêt lointaine

À **Londres**, Loup visita la ville avec des écureuils fort sympathiques. Puis il se rendit au palais de Buckingham : « Je voudrais rencontrer la reine d'Angleterre, s'il vous plaît », demanda-t-il au garde devant l'entrée.

Le garde ne bougea pas.
Loup essaya de passer sur le côté…
mais le garde se mit à hurler :
« Au loup ! Au loup !
La reine est en danger ! »

Le pauvre loup fut attrapé
et jeté dans un vieux cachot.

Par chance, la reine avait tout vu depuis
son balcon, et elle le fit libérer de prison.
« Prendre le thé avec le loup, j'en ai
toujours rêvé », expliqua-t-elle à ses sujets.

En **Italie**, Loup mangea des pâtes, des pizzas et des glaces à tous les repas. Mamma Mia ! Comme il se régala !
À **Rome**, il fit le tour des musées, mais il en eut vite assez.

À **Venise**, il se promena en gondole, mais sans sa louve chérie, tout lui semblait moins joli.

En **Égypte**, Loup découvrit le sphinx et la grande pyramide.
« Que diriez-vous d'une petite balade jusqu'au Nil ?
lui proposa un dromadaire.
– Avec plaisir ! » se réjouit Loup, qui avait chaud.

Près du fleuve, Loup trempa avec délice ses pattes dans l'eau.
« Attention ! cria le dromadaire. Dans le Nil, il y a des…
– Au secours ! Un crocodile ! » hurla Loup,
échappant de peu aux terribles dents.

Au **Kenya**, Loup fit un safari. Au volant d’une jeep, il partit à la découverte de la savane. C’était l’heure la plus chaude de la journée, et les animaux étaient réunis autour de la mare.

« Bonjour la compagnie ! dit Loup.
– C’est quoi ça ? demanda le zèbre.
– Chais-pas…, répondit l’hippopotame
– Une sorte de hyène peut-être ? suggéra le lion.
– Mais non ! Je suis un LOUP.
– Un loup ! **AHHHHHHH !** Sauve qui peut ! » hurlèrent les animaux terrorisés.

Et ils disparurent dans les fourrés,
laissant le pauvre loup seul et dépité.

Sur l'île de **Madagascar**, Loup vit des baobabs qui touchaient le ciel et des fleurs aux couleurs extraordinaires. Mais sous l'eau… C'était encore plus beau ! Loup nageait au milieu de poissons multicolores quand, soudain, un requin-baleine surgit près de lui…

« Au secours ! À moi ! » cria Loup.

Sur la plage, un lémurien observait la scène.
« Pas de panique, Museau-Long, se moqua-t-il,
ce requin ne mange que du plancton ! »

Au **Népal**, Loup escalada l'Everest, la plus haute montagne de l'Himalaya. Arrivé au sommet, il s'assit pour se reposer. Il ne vit pas tout de suite l'horrible créature qui l'observait…

« Bienvenue chez moi, bel étranger, roucoula Demoiselle Yéti. Je pourrais te manger mais tu es trop mignon, je préfère t'épouser.
– Ah, ça non ! » cria Loup. Et il prit ses pattes à son cou.

Il dévala la montagne, traversa la vallée et le pays tout entier.

À bout de souffle, Loup s'arrêta au pied de la Muraille de **Chine**.
Il y avait là un grand panda qui prenait son repas.
« Que se passe-t-il, noble étranger ? s'inquiéta le panda.
Vous semblez bien pressé.
– Un yéti me poursuit ! Pouvez-vous m'indiquer l'aéroport
le plus proche, s'il vous plaît ?

– Avec plaisir, répondit le panda, mais
avant cela, voulez-vous partager mon repas ? »
Et il lui tendit un bol de riz.
Loup était affamé, il ne se fit pas prier !

Loup fut ravi d'arriver à **Sydney**, en **Australie**.
Quand il se fut bien reposé sur la plage, il décida d'aller surfer.

Hélas, cela ne se passa pas comme il l'avait imaginé…
Et il aurait fini noyé si un kangourou
ne l'avait pas repêché !

Loup arriva à **Rio** en plein carnaval.
Il s'acheta un déguisement et partit à la découverte de la ville.
Partout il y avait de la musique, des couleurs, du bonheur !

Loup se fit de nouveaux amis et dansa pendant des jours et des nuits. Quand la fête fut terminée, il fallut se rhabiller. Loup rangea ses plumes à regret. Jamais il ne s'était autant amusé !

À **New York**, Loup admira la statue de la Liberté, se balada au pied des buildings et fit du shopping.

Il choisissait un cadeau pour Gros-Louis quand il entendit un cri tout près de lui.
« Mon loup chéri ! Je t'ai enfin retrouvé !
– Ah, ça non ! » cria Loup et il prit ses pattes à son cou.

DAILY NEWS
New York Times
NY TAXI NY
NY TAXI
I NY
macy

Loup traversa des plaines, des déserts et des étendues boisées. À bout de forces, il s'arrêta devant un chalet et s'y cacha.

« Bienvenue au **Québec** ! »,
le salua un caribou.
Loup s'endormit en un clin d'œil.
Quand il se réveilla, il s'écria :
« J'en ai assez de voyager.
C'est décidé, je rentre dans ma forêt ! »

Z
Z
Z

Macarons
Paris

Lorsqu'il arriva chez lui, Loup poussa
un grand soupir de satisfaction :
« Quel bonheur de retrouver sa maison ! »
Il invita tous ses amis à dîner et se mit
aussitôt aux fourneaux.

La soirée fut très animée.
Il paraît même qu'il y eut…
une invitée inattendue !

Directeur éditorial : Damien Hervé
Éditrice : Jeanne Digne-Matz
Responsable studio graphique : Sabrina Regoui
Création maquette : Alice Nominé
Fabrication : Joséphine Boittin

Loi n° 49-956 du 16 juillet 1949 sur les publications
destinées à la jeunesse, modifiée par la loi n° 2011-525 du 17 mai 2011.
Dépôt légal : février 2019.
Produit conçu et fabriqué sous système de management de la qualité certifiée AFAQ ISO 9001.

auzou.fr

LES HISTOIRES LUES de Loup

Mes grands albums de Loup

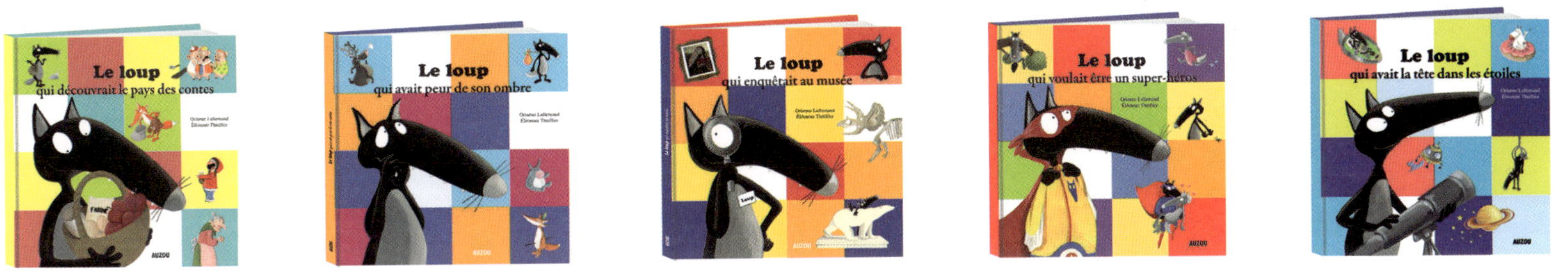

OCÉAN GLACIAL
ARCTIQUE
Amérique
du Nord
OCÉAN
ATLANTIQUE
OCÉAN
PACIFIQUE
Amérique
du Sud